KB050113

천년의 시 0138

낭희라는 말 속에 푸른 슬픔이 들어 있다

천년의시 0138
낭희라는 말 속에 푸른 슬픔이 들어 있다

1판 1쇄 펴낸날 2022년 10월 7일
지은이 심춘자
펴낸이 이재무
기획위원 김춘식, 유성호, 이형권, 임지연, 홍용희
책임편집 박찬세
편집디자인 민성돈
펴낸곳 (주)천년의시작
등록번호 제301-2012-033호
등록일자 2006년 1월 10일
주소 (03132) 서울시 종로구 삼일대로32길 36 운현신화타워 502호
전화 02-723-8668
팩스 02-723-8630
블로그 blog.naver.com/poemsijak
이메일 poemsijak@hanmail.net

ISBN 978-89-6021-665-5
978-89-6021-105-6 04810(세트)

값 10,000원

*이 책은 수원문화재단의 형형색색 문화예술지원사업에 선정되어 지원받아 발간되었습니다.

낭희라는 말 속에 푸른 슬픔이 들어 있다

심춘자 시집

천년의 시작

시인의 말

누구에게나 이름이 있다
향기 천 리 가는 이름이 있고
하루 동안 피고 지는 이름도 있다
바람 부는 계절을 함께했다면
아무리 사소한 이름이더라도
꽃 피고 열매 맺었던 계절을 기억해야 한다

2022년 7월

심춘자

차 례

제2부

제3부

제4부

해 설

제1부

누이

학교에서 돌아오지 않는 누이가 걱정되었다

외양간 지붕을 훔쳐 달아나던 샛바람은 마당 끝 마늘밭에서 고꾸라졌다. 서럽게 드러난 씨앗 감자가 가마니 밑으로 시린 발을 내밀고 늠름했던 농구農具도 무릎을 꺾었다. 가난한 아버지는 울부짖는 암소의 등짝을 지게 작대기로 내리쳤다. 어머니는 짐승 같은 눈물로 배를 안고 막아섰다. 작은 어깨를 후려치는 샛바람은 칼끝 같은 공포였다.

샛바람에 이끌려 돌아온 누이
분홍꽃 블라우스는 찢겨지고
구멍 난 스타킹 위로 피 묻은 무릎이 아팠다

다시 돌아보는 유년의 봄
발그스레 복숭아꽃 철없이 흐드러지고

묵호

낭희娘姬라는 말 속에 푸른 슬픔이 들어 있다.
계집아이들의 피지 못한 꿈이 있고 돌아오지 않는 기다림이 망부석으로 서 있는

낭희라고 부르면 묵호가 떠오르고 묵호에 닿으면 바다가 슬프다. 함석집들이 쇠똥처럼 엎드려 있는 가파른 언덕

"조금만 더 올라가면 돼."
낭희의 목소리는 가늘었고 내 숨소리는 방파제에 부딪히는 파도처럼 철썩였다. 종종걸음으로 풀숲으로 숨어드는 병아리들

"여기가 우리 집이야."
쪽마루에 앉으니 해죽이 발끝에 닿을 듯
불콰한 선술집 너머로 오후 햇살이 빛나는 쪽빛 바다

쪽마루 깊숙하게 들어온 햇살을 받으며 집으로 돌아오는 길 몰려오는 깊은 수몰감. 어촌의 낭만은 텍스트에 머무를 뿐 가난은 가혹한 현실이었다. 바다에 나가는 일은 하늘이 정해주었고 막걸리 타령으로 밤이 깊었다

>

그림을 잘 그렸고 윌리엄 워즈워스를 좋아했던
얼굴이 동그랗고 찰랑한 단발머리가 잘 어울렸던
마지막 학기부터 학교에 나오지 않았다

묵호 중앙시장에 가면 낭희가 살던 동네가 보인다
바다가 보이는 벽화 마을이라 외지인들 많다

해죽 숲 어딘가를 어림하다가 발길을 돌렸다

권중로 136

다시 찾은 그의 방
시트 없는 가지런한 침대
무성한 플라타너스 잎사귀
아래 눕는다
닿을 듯 위태한 입김
페퍼민트 향기 쑥 들어온다

그가 부드럽게 "아" 하면
나는 "아" 하고 입을 벌린다

바람이 불고
파도가 인다
떨림, 온몸의 느낌씨가 일어난다

다시 "아" 하는 그의 부드러운 목소리
힘을 다해 입을 벌린다
혼미해지는
아, 이내 촉촉해졌다

흔들리다 소멸된 사랑니
잃어버린 사랑 다시 찾을 수 있을까

혼인 전

꽃 피기 좋은 스물여덟
러닝타임은 턱없이 짧았고 관객은 분노했다

불을 끄다 영영 화염 속으로 들어간 사람
잘 다녀오겠다는 약속만 남기고
떨어지는 순간에도 절정인 동백처럼 붉은 생을 살다 간 사람

하얗게 질린 국화꽃 백자기 분골함 옆에 누웠다. 쓰러질 듯 이어지는 곡비의 울음소리 끊어졌다 이어지고 산벚나무 그림자 바람 등에 업혔다. 혼인식에 입을 연미복은 불 속으로 던져지고 아우성치는 비통, 치맛자락을 맴돌았다.

두 손으로 아랫배를 끌어안았다.

눈물 주렴으로 벌판에 서 있다. 무더기로 붉게 핀 산벚나무 꽃잎은 절정을 알리고 봄바람은 예리했다. 햇살 뜨거워질수록 더 선명해지는 낙화의 기억

폭설같이 꽃잎 흩날리고 서러운 태동胎動 무너지는 호곡 소리

덕영대로 1323번길

곡반초 담장은 야트막한 돌담인데 가을이 되면 대추가 빨갛게 익고 담쟁이넝쿨이 이글거렸다 손을 뻗으면 잡힐 것 같던 절정이 지고 있다

잊고 살 만한 세상

하루가 흐르고 풍경 바스락 소리를 낸다

다시 찾아온 첫눈 내리는 밤

수줍은 온기를 처음으로 주고받았던 날

지우지 못한 숫자

첫날의 스며듦

이글거리던 담쟁이 이파리 떨구고 사라졌다

고등어

붉은 감잎이 떨어지는 어깨 뒤편
조용히 바람이 분다
느지막한 아침 나른한 밥상
푸른 파도를 타고 건너온 고등어
단상 위에서 펄떡이고 있다

품앗이가 필요 없는 물 건너 보리밭
굵은 땀이 주르륵
허리가 부실했던 어머니가 신작로를 재촉했다
광주리를 따라가는 백구 꼬리가 살랑살랑
막걸리 주전자를 들고 가는 어린 손
논둑에 콩꽃이 만발했다
누런 보릿짚에 앉아 먹는 들판의 오찬
검푸른 휘장을 두른 바다 내음
막걸리 한 사발에 대가리 한 입
어린 숟가락 위 푸른 물결 한 모금
세상이 밝아지는 입 안의 혀

무심한 어깨의 말
비린내 좀 나지 않아?

칠보 거리에서

아이를 업고 저녁 찬거리를 사서 돌아가는 길이다 날씨는 춥고 남편의 외투를 덮어씌워 답답한 아이는 칭얼거렸다 콩나물을 담은 검은 봉지와 동태 꼬리가 보이는 봉지를 들고 있다

아이를 어르면서 종종걸음으로 가는데 저 맞은편에서 남자가 걸어오고 있다 해가 뜨고 지는 것처럼 한때 내 삶의 전부였던 숨이 턱 막혔다 아무렇지도 않은 듯 걸어갔다

하필 이 꼴을 하고 있을 때……

못 본 척 지나쳤다
그 남자도 지나쳤다

보고도 외면하고
외면하고도 돌아서 마주치는

심장이 터질 듯

고아

흰 매화가 지고 있다. 취기에 절어 오는 저녁이면 소리 내 울었다. 울음이 밥 익는 냄새처럼 집 안을 삼키면 침묵의 늪으로 걸어 들어갔다. 도착하지 못한 희미한 기억은 도시에서 상유로 집을 찾아 헤맸다. 애증이 들끓을 때 탱자나무 가시는 점점 억세고 단단해졌다.

한때 폭포처럼 쏟아지는 뜨거운 말들
하루에도 몇 번씩 심었다
오래 덮은 이불처럼 맨몸에 착 달라붙어도
더 이상 거추장스럽지 않은
마지막 숨을 볼모로 주어도

팽팽했던 둔부에 헐렁한 바람이 드나들고
무심한 눈빛이 오히려 더 아려
더 이상 소유를 말하지 않는

아스팔트 위를 달리다

고기를 썰고 있는 저 손
몽골 고원을 달리던 부족의 후손
사냥의 기억은 백화점 진열대에 빼앗기고
투구도 없이 맨살로 창을 휘두르고 있다

일출을 향해 기도하던 붉은 가슴
고단한 유니폼을 걸치고
펄펄 뛰는 숨소리 대신
윙윙거리는 냉장고를 열고
얼어붙은 고깃덩어리를 향해 칼춤을 춰야 한다

얼룩 없는 난도의 현장에서
광활한 평야는 스러지고
반짝이는 눈동자는 지폐 아래 묻어 둔다
먹이를 찾아 떠난 초원의 거리는 멀어지고
포획의 기쁨은 눈물겹다
사냥의 시간이 길어지고 있다

안 그런 척

오른쪽 팔을 들을 수 없다는 인식보다 날카로운 비명이 먼저 올라왔다. 삽시간에 몰려드는 구경꾼처럼 온몸의 촉수 긴장했다. 축 처진 팔 하나 극도의 통증을 식히고 있다.

침묵이 흐르고
통증들 하소연 송곳처럼 솟았다

발바닥은 풍선처럼 부었고 인대가 끊어진 엄지 검지는 균형 잃은 지 오래
먼 기억 속 선임의 구타까지 쇠를 박은 어깨를 흔들었다

돌이킬 수 없는 시간은 두려움으로 남아
제비꽃 만발하고 부드러운 봄밤 이야기는 회한이 되었다

기다리지 않아도 먼저 눈 뜨는 아우성
하루는 주름살보다 깊고
적막한 앞산 노을 외로움에 뒤뚱거린다

수술 전

실루엣으로 다가오는 당신의 기척
차라리 꿈이었다면

처음부터 없던 대문에서 날 부르는 소리가 난다. 꿈결 같은 꽃바람이 여름을 몰고 와 선녀 옷자락처럼 하늘거렸다. 잠의 꼬리는 달콤하고 새하얀 시트는 눈이 시리다.

안개 자욱하고 흔들리는 웃음 속에 아라베스크 문양이 나타났다 사라지고 다시 몽롱한 잠 속으로 스며들었다. 목이 잘린 사슴의 머리와 둥둥 떠다니는 푸른 유골함 혼자 겪는 슬픔이 녹아내리는 촛불처럼 눈물겹다. 삶은 비루하고 밤마다 애절한 기다림이 소복하게 쌓였다.

소멸하는 추억과 그렁한 하루를 보내고 살아갈 명분이 상심이 될까 봐 회한은 소름처럼 돋았다. 걱정이 현실이 되고 익숙한 것과 이별하는 것 어둠은 빛의 시작이기도 했다.

그해 여름

한쪽 가슴을 잃어버리고 집으로 돌아온 계절
태풍이 자주 불었다

비바람이 창문을 세차게 때리던 밤 통곡하기 좋은 날이었다
남아 있는 반쪽 가슴보다 끝까지 잡지 못한 가슴이 더 에이었다

뜨겁게 소용돌이치던 밤의 열정은 바람의 환상통
돌아갈 수 없는 합일의 순간은 비통이었고

태풍이 전부였던 여자가 집으로 돌아온 계절

바람이 휩쓸고 간 자리에 상처가 덧나고 바닥을 알 수 없는 참담함
마지막 남은 혈육마저 삼켜 버린 태풍

오물오물 입 속에서 희롱했던 어린 젖 물림
소멸한 가슴보다 남아 있는 유두가 더 아렸다

산수유 마을에는

작년이나 그 전 작년처럼 산수유화 노랗게 피었는데
꽃살 온통 그리움 묻어 사색에 잠겼다

술잔을 주고받고 침묵을 가득 채웠다
젓가락이 공중에서 갈 길을 잃고 무성해지는 추모의 웅성거림
보태지고 미화되고

추억은 육개장을 들이켜고 번들거리며 흐르는 체액 같은 것
닦으면 어느새 눈두덩이 흥건히 적시고
노란 꽃 입 속에 넣으면 첫 키스의 순간처럼 알알이 터졌던
날것 그대로의 생각이 목덜미를 타고 꺼이꺼이 역류했다
뼈 깊은 곳에 안착하는 오열

다시 볼 수 없는 그래서 더 사무치는
넓은 창으로 들어오는 햇살 맞으며 무릎 마주하고 마시던 꽃차
훈장처럼 못이 박인 중지 마디가 자랑이었던
비탄에 잠긴 봄

>

산수유화 더 불콰해지고

낡은 신문보다 더 아리는 중지의 못

유산

덕구 씨 일생은 부풀어지고 입에서 입으로 전해지고

침묵이 감도는 대기실
일회용 접시 위에 놓인 사과 옆으로 오후의 햇살이 부서지고
인스턴트커피를 홀짝이는 검은 상복들
벽에 걸린 시계 쳐다보고 또 본다

빨간 등이 켜지고 철문이 양쪽으로 열리자 시선이 모이고 땅을 치며 통곡하고 거짓 슬픔을 어깨로 울기도 했다. 사는 동안 받아 보지 못한 환대다.

백골, 표백제를 뿌려 만든 거짓말 같은 색깔이었다. 과학실 어디쯤 기억에서 만났던 넓적다리, 정강이뼈만 생을 떠오르게 할 뿐 한 줌 재로 누웠다.

경운기 사고로 아내를 먼저 보내고 소주를 끼니처럼 마셨던 덕구 씨. 해 질 녘 쪽마루에 앉은 긴 그림자 어둠에 묻히면 슬픔이 바다 되어 파도 사이를 떠돌았다. 비통에는 아침이 없고 짝을 찾는 그리움은 육신을 갉아먹었다.

>

농장 입구에 서 있는 대추나무
잔인한 탐욕에 찔리어 붉은 피 흘리고 있다

유전

넓적한 플라타너스 잎사귀가 너울거리고 햇살은 부지런히 창 안을 비췄다. 아이 웃음소리가 발랄했지만 깊게 드리워진 그림자를 걷어 내지는 못했다.

땅속으로 스며드는 축축한 계단에 엎드려 노는 아이들, 손끝으로 자라는 꿈들은 덜 익은 낙과처럼 해가 지면 떨어졌다.

어둑한 거실에 형광등이 켜지고 남루한 살림살이가 지나치게 돌출되는 밤, 짐짝처럼 떠밀리는 어린것들의 잠 속에 간혹 반짝이는 별들 보이기도 했다.

지하도 아니고 지상도 아닌, 창문은 좁고 낮에도 쥐가 돌아다니는 축축한 세상. 한여름 빨간 칸나의 색깔을 꿈꾸다가 사계절 푸른 녹음이 좋아지는 것처럼 쉽게 바꿀 수 없는 지하의 냄새가 주홍 글씨처럼 따라다녔다.

낮이나 밤이나 무시로 들락거리는 지상의 매연들, 냄비 속의 콩처럼 쉽게 분노하고 쉽게 지쳐 갔다. 저녁 창문으로 들어오는 위안은 시끄러운 텔레비전 안에서만 존재했다.

>

사는 일이 제일 거지 같을 때
낙인을 떼는 순간까지 괜찮은 척해야 한다는 것

상유의 밤

쑥과 민들레 무성한 두 달 만에 찾아온 시골집
뱀이 뛰어다녀도 어색하지 않을 뜰
창문 아래
하루를 치열하게 살고
소리 없이 돌아갔을 하루살이의 무덤
화석이 된 나방이 사뿐히 내려앉았다

상유의 밤은 죽었거나 살았거나 침묵이 있을 뿐이다. 살아있는 자는 죽은 자를 잊기 위해 절을 하고 죽은 자는 지워지지 않기 위해 맴을 돈다. 길은 희미해질수록 험난하고 과장되거나 축소되어 푸르게 가라앉는다.

제2부

서향瑞香

꿈결인가

일주문이 열리고
어둠을 타고 스며드는 달빛
사뿐히 내딛는 걸음 살포시 꽃잎 열어
자색 향기 그윽하고

살냄새 척척 감기는 봄밤이 좋아라
미친 듯이 날뛰는 심장 소리가 좋아라
천리향 꽃 내음 향기로워라

찰나의 절정 낙화하고
스님의 목탁 소리 낙하하고

접목

마당가 장미꽃이 처연히 벙글었다
처음부터 그곳에 있었던 것처럼

하얀 꽃 이름
여름 바람을 질투하는 계절이라고 말하면 될까

꽃보다 허기 달래던 아슴푸레한 시간들
시름으로 어둠을 맞이하고
가시 돋은 등으로 새벽을 맞았다
조각으로 나뒹구는 느낌씨들이 못이 되었다

불꽃처럼 터지는 숨어 있던 비명悲鳴들
억지라고 했고 편견이라 했다
빠르게 폐기 처분 되는 하얀 추억

보이지 않아도 느낄 수 있는
새벽잠 속으로 은밀하게 파고드는 체온처럼
몸을 열었다

사랑한 후에

이름표를 달지 못한 두려움과 기대 몸속으로 들어왔다. 순간 짧은 통증이었을까. 혈관을 따라 흘러가는 약물처럼 온몸으로 퍼지는 전율은 거대한 흡입이었다. 깊고 축축한 곳에서 혹은 비밀스러움을 뽑아 올리고 있었다. 눈앞이 흐려지고 아득해졌다. 삭아 내리는 생선 뼈처럼 흐물거렸다.

어머니의 젖을 빨던 순한 아이의 피거나 스스로 아무것도 할 수 없었던 옹졸한 마음의 피였는지도 모른다. 넘어지거나 정체되어 혼탁한 순간이 돌고 돌아 다시 내 몸속으로 들어왔다. 순결해진다.

움켜잡은 손에 힘이 들어갔다 더 세게 쉬지 말고 더 빠르게
가슴은 터질 듯 벅찼다
내밀한 곳까지 어루만지고 입 맞추며 차라리 고통이라면 멈출 수 있을까
애증과 환희의 다른 이름 체액이 흘렀다
충만이 흐물거렸다

가시지 않는 희열은 또 다른 이름표를 달고
빈 심장에 불을 놓는다

회상

영동선 비둘기호는 바다를 그리는 연인들과 집으로 돌아가는 아버지를 태우고 어둠을 가로질러 자정으로 달리고 있었다. 후덥지근한 열기는 고단했던 낮의 꼬리를 물고 사람들은 제각기 살아갈 이유만큼 피곤이 묻어 있었다.

마주 보고 앉은 아기를 안은 여자
잠 속에서 웃고 있는 아기
기차는 굽이굽이 기적 소리 울리고
아기를 가슴으로 끌어당기는
감길 듯 주위를 경계하는 무거워지는 눈꺼풀
팔의 힘이 풀리고 떨어질 듯 다시 힘주는 가녀린 끌어당김

기차는 덜컹거리는 레일 위에서 밤을 털어 내고 있었다. 사북이나 태백을 지나 제자리를 찾지 못하는 기억의 파편은 눈물로 그렁했다. 가슴에 품고 있는 애증이 아무리 기만과 위선이라 해도 사람이 사람의 흔적을 지운다는 것은 죄 많은 삶의 변명이었을 뿐이었다.

희끄무레 새벽이 밝아 왔다.

>

"아기가 떨어질까 봐 조마조마했어요."

만약에

우리가 이별하지 않았다면

누름돌

기다림의 시간은 원망에서 그리움으로 며칠간의 잠이 머물렀을 뿐

이팝나무 꽃잎 흩날릴 때 하얀 슬픔이 내려앉았다

눈꺼풀은 새벽안개처럼 무거웠고 잘 익은 홍시 같은 불빛은 후덥지근했다 온몸은 물먹은 스펀지처럼 바닥으로 가라앉고 있었다 한기가 느껴졌고 극도의 갈증이 찾아왔다

수맥을 찾는 뿌리처럼 온 감각으로 더듬거리는
감각보다 우선하는 직감
태동을 잃어버린 어미는 소리 죽여 울부짖었다

이팝나무 꽃잎이 눈발처럼 날렸다
젓먹이 없이 먹는 미역국
우박 같은 비련悲戀이 떨어졌다

염치없이 불어 터지는 젖몸살 허기지는 그리움
건기의 낙엽처럼 바스락거리며 스러졌던 하루하루

>

누름돌 꼭꼭 눌러 놓아도

이팝나무꽃 필 때 떠오르는

프리지어

벨이 울리고
신문지에 둘둘 말린 봄이
배달되었다

가을부터 바람은 무겁고 축축했던가
생각 저편엔 봄 새들 날아와도
생각 안에선 스산한 계절의 클라이맥스
어제는 맑았다가 오늘은 먹구름
둥지에서 길을 잃었던가

치열하게 울부짖는
나의 불온한 중년
유별나다 말하지 않고
봄을 주는 너

시월

얼굴을 가리고 검은 모자를 쓰고도 시선을 끌지 못한 그녀
무의미로 떠돌다가 하얗게 드러난 미소
파리한 웃음이 금방이라도 울음으로 터질 듯
커다란 함박웃음은 다가갈 수 없는 벽이었다

쑥부쟁이 일렁이던 가을 어느 날
바람이 전하는 짧은 편지
보랏빛 웃음이 맥없이 휘청거렸다
사람 속에서 사람을 그리워했지만
돌아오는 계절은 촘촘하지 못했다

오후 햇살에 파르라니 스치는 엷은 그림자, 가느다란 팔과 골이 진 손등에 검은 꽃 그림자 피고 여자로 살지 못했던 시간이 여자로 살 수 없는 시간으로 교체되고 있었다

그녀의 얼굴 같은 국화차 한 잔을 달게 마셨다

문밖에 서서

갑자기 갈비뼈 사이에서 한기가 느껴졌다. 텔레비전 볼륨을 낮추고 귀를 기울였다. 어둠은 깊을 대로 깊어 고요했고 서늘함이 온몸을 감쌌다.

문안에서 적막이 흐르고 두고 온 말과 가야 할 말이 미로에 빠졌다. 키 낮은 조명등은 문 앞에서 서성거리는 두려움을 지켜보고 있었다. 마른 나뭇가지처럼 버석거리는 손가락으로 문고리를 잡았다가 이내 손톱을 질겅거렸다.

저녁을 먹는 내내 남자의 안색이 어두웠다. 여자는 지지배배 노래를 부르다가 박꽃 같은 분 냄새를 풍기기도 했다. 여름이 오기 전에 봄꽃은 지고 꽃 진 자리에 영그는 예상은 평화로웠다. 경험하지 못한 무거운 직감은 금기어였다.

직면을 열면 더 단단한 이면, 깊은 밤 서랍장을 열고 속옷을 정리하고 양말 짝을 찾는 시간을 감내할 수 있을지 가슴속에서 찬바람이 휘몰아쳤다. 외롭고 힘들 때마다 살아갈 이유였던 말들, 오래도록 위안이기도 상처이기도 할.

이별은 예고 없고 가늠되지 않는 슬픔

>

아침나절 눈부시게 햇살이 부서지는 한 줄기 꽃향기 같은 바람
두 손 가슴에 올리고, 먼저
흰 구름 되어 북으로 흘러가고 싶다

접시꽃 더욱 붉어지고

접시꽃 더욱 붉어지고 서산에 노을이 걸리면 찾아드는 기억의 집. 보일 듯 흐려지는 그녀의 시간이 마른 울음으로 왔다가 담장을 넘는 덩굴장미에서 서성거린다.

레이스 커튼은 아직도 풀 먹인 광목처럼 새하얗다. 망초꽃 올망졸망 꽃 피우는 하얀 들녘은 계절이 변해도 지지 않은 미소로 만발했다. 부재의 시간이 낡아 가고 있다.

발등을 덮는 노란 민들레꽃 일렁이고
더 단단해지는 이름 모를 잡초들
해를 거듭할수록 희미해지는 인적
나날이 무성해지는 풀벌레 개구리 소리

한 집 두 집 온기가 켜지고 검푸른 녹음의 수런거림도 집으로 돌아가는 시간 더 깊어지는 그리움, 기약 없는 기다림이라도 가슴에 품을 수 있다면…… 기다릴 수 없다는 건 낙심하고 무너지고 다시 가라앉는 일이다.

길을 잃은 눈빛은 흔들리다 아득해지고 비바람을 몰고 오

는 침묵

회한이 분 내음처럼 달라붙어 밤새 추적거렸다.

채비

여름 한낮 양지쪽 피데기처럼 시들어 가는 꽃잎
낙화를 앞두고
햇빛도 과하면 독이 된다는 걸
완경完經을 지나면서 알았다

어둠 속에서 하얗게 밤을 새운 여자
발끝에서 한기를 느끼기도 가슴에 불이 나기도 했다. 강물을 다 마실 것처럼 냉수를 들이붓고 단추 두 개를 다 풀고도 뜨끈한 바람을 입 속에서 연신 쏟아 냈다. 한 줌 애증도 태워 버리고 마는 많은 밤들은 보이지 않는 미세한 흔들림에도 날카롭게 뾰족해졌다.

여자 안에서 여자가 주인이었던
새빨간 꽃잎 피우던 날 어제였던가. 신라주택에서 더 편한 아파트로 19층에서 장미 정원을 일구고 서른 해를 가꾸었다. 햇살도 서둘러 자리를 뜨는 낙화의 계절은 들어낸 자궁처럼 허허롭고 쓸쓸했다. 달고 향기로웠던 입술이 지고 있다.

내 안의 여자
비바람 안에서 쓸리고 미완의 작품처럼 여물지 못했다. 태풍은 잦아들고 집 앞 벼들은 익어 가는데…… 꽃잎 떨어지는 순간에는 호두나무 그늘이나 싸리나무 가지에 앉았다가 바람의 등에 업히거나 개울 따라 흘렀으면.

위탁 전

6인 병실은 입동이 지나도 후덥지근하기는 마찬가지였다. 들어오고 나가고 침대 주인들은 오래 머물지 않았다.

차가운 형광등이 더욱 밝아지는 밤이오면 골骨 때리는 냄새와 부스스한 불빛이 뱀처럼 스며들었다. 생의 무게는 무의식을 타고 끝없이 흘러내리고 링거는 아주 천천히 떨어졌다. 주인을 잃은 삶의 조각이 힘없이 떠돌다가 내려앉았다.

돌아보니 이전투구泥田鬪狗의 족적들 깊은 곳에서 끌어올리는 가래 소리 뱉어 내지 못하고 아래에서 찔끔거렸다. 흉건하게 젖어 오는 그림자는 박제된 모습으로 부끄럼이 없다. 파도 없는 만조滿潮의 시간은 길어지고 아득해지는 뒤안길.

찰나의 귀환, 여명이 밝아 오고 총기를 찾은 눈동자는 몸을 말고 자는 간이침대를 본다. 닿을 수 없는 온기, 슬픈 울음도 닿지 못했다.

치매

파초잎을 지지는 뜨거운 열기는 하루종일 멈추지 않았다. 근원을 알 수 없는 울음은 생각이 움직이는 대로 무성해졌다가 지평선을 넘어가는 노을처럼 아득해졌다.

환갑 지나 마련한 작은 집 매 순간 붙잡아 두었던 낙토에 이르고 능소화 피는 계절은 산에서 불어오는 바람 시원해서 좋았고 찬바람 불어 눈 내릴 때 벽난로 장작 태우는 재미에 사람 그리운지 몰랐다.

한 사람이 떠난 둥지에 혼자 남았다는 고통이 잡초처럼 자랐다. 호흡은 무겁고 숨소리 하나에 습기가 다 빠져나가고 억새처럼 말라 갔다. 우기처럼 비가 그치지 않는 날에는 신열에 시달렸다.

기형으로 커지는 그리움

대서가 지나가는 길목이었을 것이다. 푹푹 찌는 지열은 밤에도 끝이 없고 강물은 쉬지 않고 흘렀다.

기억이 아침 햇살에 금방 사그라지는 이슬처럼 녹아 버렸다.

자귀나무

눅눅한 냄새를 털어 내지 못한 바람은 하지를 지나고 있었다. 빨래 건조대에는 며칠째 사내의 속옷과 양말이 말라비틀어지고 현관에는 철 지난 털신이 그대로 있었다. 아내의 부재는 수북하게 쌓인 먼지로 대변되었다.

밤이면 포개졌다 낮이면 활짝 피는 자귀나무 이파리는 염치없이 넘실댔다. 태풍 몇 개쯤 맨몸으로 맞아도 검푸르게 서 있는 오래된 동행이다.

병실에 누워 있는 아내를 보고 오는 날에는 사내는 아무것도 삼키지 못했다. 시든 푸성귀처럼 몸을 웅크리고 소파에 누워 있을 뿐이었다. 누렇게 뜬 천장 벽지가 고대 벽화처럼 흐릿해지고 초점 없는 눈동자는 자귀나무 꽃잎에 머물렀다.

천천히 바람을 타는 꽃향기가 아내의 살 내음처럼 달려들었다. 달콤했다가 몽롱한 잠 속으로 빠져들었다. 아내는 밤이 되면 혼자만의 나라에서 하얗게 미소 지었고 어둠이 걷히고 장밋빛 새벽이 밝아 오면 향기 없는 무채색으로 하루를 보냈다. 조용한 수발이 점점 힘에 부치기 시작했다.

>

가녀린 바람에도 휘청이고 마는 꼬챙이 같은 하루가 간절하면 간절할수록 두려움이 커졌다. 어둠의 강 너머에 먼저 도착한 사내.

하얀 미소가 실종되었다.

관객

재활용 쓰레기 버리는 곳 세간살이 하나둘
나신으로 비를 맞고 있다

여름 한철 식구들이 뒹굴었을 마작 돗자리, 추억이 덕지덕지 내려앉은 유선 전화기, 급기야 잘 자란 행운목 화분에 "필요한 분 가져가세요"라는 명찰이 붙었다.

이른 아침부터 사다리차가 높이 서고 쉴 사이 없이 오르내렸다. 살아갈 날보다 산 세월이 길었던 세간살이는 얼룩지고 삐거덕 소리를 냈다. 차곡차곡 쌓인 손때보다 행간이 더 어둡고 진했다.

거리에 선 맨몸이 남루하다. 풀숲에 내려앉아도 며칠은 더 붉어도 좋을 여분의 시간. 능소화 그늘 떨어진 꽃잎처럼 노구老軀의 시선이 툭하고 떨어졌는데……

이삿짐을 보내 놓고 며칠 더 이슬 맞은 흔적들. 망치로 두들겨 맞다가 일순간 부서지는 회한의 파편들

이사 가는 날
상엿소리 고적했다

거짓 혹은

혼자 눈뜨는 아침
머리카락을 집어 내고
떨어진 살점 사이 남아 있는 숨소리나 뒤척임
유년의 꿈과 설렘
느닷없이 달려드는 슬프고도 따뜻한 낯선 빛까지
흔적이 울고 있다
이별하거나 소멸하기 전의 마지막 절규
기억은 수십 년 쓰던 가구처럼 익숙하거나
돌아오지 않는 계절처럼 오솔하다
지나간 시간의 부정이었다
숙명처럼 짊어지고 왔던 백발의 머리카락
증발하는 잉크처럼 흐릿해지고
밤나무꽃 붉게 피어나도
망각의 기미는 향기처럼 퍼져 나갔다
삐걱거리는 추억의 창은 바람이 부는 대로 흔들리다가
오늘이 새날인 것처럼
어제 누웠던 하얀 초원 위를 한없이 걷고 걷는다

유언

한 평도 안 되는 이 몸이 당신 집입니다
어깨를 안으로 모으고 두 손은 배 위에 올려놓으세요

희미해지는 망치 소리
점점 조여 오는 어둠의 발자국
숨은 가빠지고
혼자 잠들지 못했던 시간들이 까무룩

살 내음이 좋았던 사람이 있었다

숨구멍 밖으로 울음소리가 들리는 것 같아

남아 있는 길 혼자 가야 할 집
기다린다는 것은
푸른 파도가 말라서 소금 산을 이루고
그 바다에 사는 물고기들이 화석이 되는 것을 바라보는 일
이지

검은 그림자 넝쿨이 다리를 휘감고
가지런히 모은 손 위까지 올라왔어

머리맡에서 우글거리는 두려움
어디라도 좋겠지
나를 기억하는 사람들이 깔고 앉았던
신문지에 둘둘 말아서 던져두어도
당신을 잘 볼 수 있는 곳이라면

제3부

안성 유기

대우待遇나 예의禮義나 자격 같은 것들
좌판 위에 오르고
명절 아래 특별 세일
부와 자존까지 덤으로, 옹골찬 구성이
단박에 밥하는 아줌마에서 고대광실高臺廣室 사모님으로
반짝거린다거나 존중받는 삶으로 바꿔 주겠다고
대를 이어 주는 것은 우리가 지켜야 할 사명이라고

귓전에 붉은 입김 감돌고
그 은근한 속살거림 달콤해
정신 혼미해져 가는데
현란한 혀의 놀림이
요염한 꽃 대접 훑어 내리니
고개 숙인 애정 마구 솟아나더라

밥 없어도 온통 세상 핑크빛이더라

무죄

새벽이슬 머금고 풀잎 위에 폴짝 뛰는 메뚜기
둥그렇게 속을 채우는 텃밭 김장 배추
추분 지나 흙 속의 고구마
마당 한편 바구니에 널린 대추
고개 숙이는 벼
토란을 캐다가 감당 안 되는 통증으로 눈앞이 아찔한 것
하늘거리는 코스모스를 지나가는 바람
창 안 깊숙하게 들어오는 오후 햇살
차들이 달리는 도로에 수북하게 떨어진 은행
난장의 뽀글 파마 여자의 억척
항아리처럼 불룩한 허리가 삶의 흔적
손전등을 들고 순찰하는 경비 아저씨의 밤
식전 빈속으로 반려견 산책시키는 앞집 아저씨
아침마다 챙겨 먹는 건강 보조 식품 숫자가 늘어나는 것
그렇게 가을은 익어 간다

동네 꽃집 자잘하게 핀 소국처럼
오후 3시 여자들의 수다같이

박산골, 다시 봄

불온한 발자국 소리가 담장을 넘었다
별만 깨어 있는 밤 교교했고
날카로운 비명悲鳴에 시간이 길을 잃었다
관목이 풀들이 쓰러졌다
발자국 소리는 너무 오랫동안 당당했고
대숲 바람 소리는 더 단단한 빗장을 질렀다
증거 하는 숨소리는 오랫동안 침묵했다
누구도 오지 않는 불신의 설화
맑은 날씨에도 먹구름으로 감악산을 휘감았다

굽이굽이 돌아 상유로 올라가는 길 화석이 된 그날의 비명非命은 밤마다 통곡으로 골짜기를 감싼다. 돌아와 봄까치꽃 포근히 안으면 개울물 따라 상처 아물었던가 돌아보면 다시 가슴 저미는.

큰 산도 있고 험한 산도 있었다
눈에 보인다고 다 할 수 없었던 말
손을 잡는다고 다 내 마음이 아닌

아지랑이 아롱아롱 따라나섰던 봄
돌고 돌아도 산골의 봄이 시리다

미로역

철로에 발맞춰 길게 늘어선 어제와 오늘 그리고 아이들, 두엄 더미처럼 쌓인 하루의 흔적은 기적 소리와 함께 사그라졌다. 철길과 행상들 흥정 사이에서 뛰고 노는 사내아이들, 일 층 변소 난간에서 철없이 오줌을 갈겼다. 술에 취해 비틀거리는 남자가 선 자리에 뒤꿈치 꺾어 신은 그림자가 다시 섰다. 새벽의 흔적을 남기거나 집으로 돌아가기 전 회한이 겹겹이 덧칠되었다. 어제는 말랐다가 오늘은 흐린 대로 젖어 있었다.

살랑한 바람은 얇아진 소매를 끌어 내리며 쪽잠에 빠지기도 하고 헐거워진 내일을 고쳐 매기도 했다. 구방사九房寺 스님을 엄마라고 부르던 반 친구는 오십천을 따라 흘렀고, 햇님이 아버지는 텃밭 대신 가슴에 농약을 들이부었다. 책가방이 무겁다. 다음 장場에는 마늘 금이 좋겠지…… 마늘 한 접 고등어로 바꾸어도 주머니 속 얇은 어림이 긴 숨으로 노을을 채웠다.

이 층 역사 자물쇠 녹슬어도 요란한 기적 소리 허공을 가른다. 새벽부터 저녁까지 달리기 위해 숨 고르기 했던 미로역. 풀꽃 무성하고 생각 너머 먼 골짝에서 홀로 미로에 빠졌다.

시간의 폭력

천변川邊에 모여 있는 마을은 표주박을 엎어 놓은 것처럼 옹색했다. 당산나무 아래 정자가 있었고 발치에는 채송화 과꽃 피었다. 키 작은 사철나무나 대나무 장대를 가로질러 친 울타리, 얼기설기 엮은 대문은 이름으로 서 있을 뿐 싸리꽃이 한창이다.

손바닥 같은 텃밭에는 절정이 지난 푸성귀가 누렇게 말라가고 있다. 처마 끝에 망초 대 우후죽순으로 자라고 참견 없는 마당에는 바람만 분다. 발자국도 녹슬어 소리를 내고 어느 날 문패도 떨어졌다.

주인 없는 뜰에서 늦은 오후까지 들고양이들은 햇살을 희롱했다. 느티나무 그림자 길게 드리우면 지아비 기다리다 망부석이 되었다는 할미바위, 할미바위부터 그늘이 졌다.

집으로 돌아가는 농기구 소리 밥 끓는 냄새
익숙한 것들이 그리움으로 사무치고 돌아갈 수 없는 시간이 무덤만큼 어두워졌다.

바람의 언덕

병풍처럼 둘러싼 해죽海竹이 바람에 그을려 툭툭 터졌다. 늙어 푸석한 좁은 길, 파이고 떨어져 나간 시멘트 길에 철모르는 민들레꽃 피었다.

해 뜨는 마을에서 아침에도 그늘이 지는 곳. 한 뼘만 한 마당 끝에서 벼랑으로 이어지는 바다에는 푸른 물빛이 반짝였다. 더 강렬하게 부서지면 부서질수록 나부죽 엎드린 슬래브 지붕 위의 해죽은 소복한 여인의 손에서 떨어졌다 일어서는 무명천처럼 진종일 춤을 추었다.

어두운 밤에도 테트라포드에 몸을 던지는 파도. 바람은 검은 구름이 몰고 오기도 했지만 잔잔한 수평선 안에서 몰아치기도 했다. 상실의 아픔은 깊이 박힌 가시가 되어 오랫동안 할퀴었다.

흐린 하늘의 별처럼 기형으로 빛나는 등대
차디찬 해풍에 오랫동안 서 있어도
파도가 지나간 자리는 지워지지 않고
잠든 곳 가늠해도 뿌리 깊은 기침 소리만 귓가에 맴을 돌았다

>

다 지나간 꿈처럼
대나무 같은 늙은 여자의 손끝으로 노을이 졌다

동피랑 빠담 빠담

거침없이 여름이 몰려왔다
분분한 인연들 기억하지 못하거나 잊지 못하거나

손님 없는 노천카페에서 오수午睡를 즐기는 고양이 한 쌍 하품 늘어지고 한가로이 뭉게구름 떠 있다. 하늘과 바다가 맞닿는 수평선 금가루 뿌려 놓은 듯 눈부시다.

동백꽃 벽화를 따라 걷는 좁은 길 쨍하게 눈이 떠지는 파란 대문 앞에 섰다. 거뭇하게 이끼 낀 토스카나 토분에는 젊고 아리따운 여자의 웃음 같은 제라늄꽃이 난발爛發했다. 보일 듯 풍만한 가슴의 프릴 같은 절정에 치솟는 애정 경사진 언덕의 숨 가쁨이라 변명하지만 지중해 어느 시골 마을에서 부는 바람일까.

눈이 시리게 하얀 홑청이 바람에 나부끼고
햇살 듬뿍 담긴 토마토 요리
주방 창으로 들어오는 오후의 햇살 같은 부드러운 라테 한 잔
포근히 안아 주던 사이프러스 두 그루

>

길을 걷다가 차이는 돌부리처럼 자물쇠 채워진 마음이 느닷없이 풀렸다. 잊을 수 없거나 잊히지 않는 인연 길을 잃고 굳게 닫힌 대문 앞 서성이며 들끓는 꽃잎만 본다.

박산골, 아득한

꽃보다 더 꽃다운 시절이 깊은 침묵으로 잠들었다
다시 꽃이 피어도
꽃으로 피어날 수 없는 순수의 나날

차라리 나란히 누울 수만 있다면
끝이 보이지 않는 그리움은 두려움이 되고
남루한 맹세들은 오후의 졸음처럼 달려들었다
굴욕이 낙엽처럼 흩날리는 계절 홀로 견디는

돌아오는 유월의 숲속은 맑은 날에도 먹구름 드리우고
오월의 햇살 같은 미소는 버퍼링에 걸려 닿지 못했다

여자의 몸에서 비련이 후두둑 떨어졌다
바람을 갈구하는 민들레 꽃씨처럼
나뭇잎이 부딪히는 소리와 그렁한 눈물
텅 빈 들녘에서 바스락거렸다

팔월

죽서루 지나 십여 분 파란 지붕이 적적하다
사철나무 울타리가 있고 나지막한 단감나무 서 있는
낯선 사람이 와도 짖을 줄 모르고 꼬리만 흔드는 백구
할미꽃보다 더 굽은 등으로 고추 따는 친정 엄마
상노인 되었다

한번 다녀가라

살림이 피거든, 아이들 공부 끝나거든
앞세우는 변명
어림하여 줄 세우면 대관령에 닿겠다

빨간 고추 태양 볕에 말리고
대나무 같은 손으로 뒤적거리는 하루

외지인들이 들어오고 있다. 안부 없는 하루가 열리고 없던 대문이 생기고 모르는 얼굴이 고샅을 지났다. 가로등이 꺼진 밤길에도 술렁거리는 자동차 불빛

귀뚜라미 여치 반딧불이……
불면의 밤이 깊어지고 있다

9월, 벼랑에 서다

주검이 소복하게 쌓였다
먼저 떨어진 꽃잎 위에 다시 쌓이는 아름다운 주검

이별의 계절은 창문을 흔드는 바람과 함께 달빛 예리한 푸른 밤에 도착했다
준비 없이 맞이하는 황망한 햇살
눈을 뜨는 일과처럼 주검을 수습했다

금방이라도 일어날 것 같은 붉은 입술이 슬픔으로 스며들었다 농염한 자태는 뜨겁고 눈부시게 황홀했고 세상의 모든 시선이 매혹되었다 첫 키스의 달콤했던 기억은 아직도 감미로운데 정해진 기한은 치명적이었다

닿으면 날아갈 듯 나비처럼 가볍게 바람을 타고

사모의 시간이 길어지고 있다

듬북장

서둘러 도착한 겨울 양식糧食 보퉁이가 작아졌다
해가 갈수록 작아지는
올해가 마지막일지 가슴 가운데 바람길이 생겼다

콩 볶는 냄새
타닥타닥 무쇠솥 아궁이에서 장작 타는 소리
검불 골라내다 꾸벅이는 겨울밤
보퉁이 안에서 싸락눈이 보글보글 내렸다

달그락 숟가락 부딪히는 소리, 두부 넣고 끓이면 심심한 국이 되고 양 볼에 살이 올랐다. 양미리 몇 마리 둥둥 띄워 김장 김치 쫑쫑 끓이면 간간한 찌개가 되고 고단을 녹이는 안주가 된다. 손끝에서 만들어지는 아득한 구수함

설해목 쓰러지고
눈밭을 뛰는 노루 발자국 마을로 내려오면
그리움처럼 달려드는 입 안의 감칠맛

항아리 바닥 긁는 소리 고드름 녹아 흐르고
달래 냉이 한 줌 넣어 뽈뽈뽈 끓으면
향긋한 봄보다 먼저 오는 서러움

기다림

입춘이 지나도 소생의 기별은 막막하고

자잘한 생활이 널려 있는 빨래 건조대 밑으로 어스름이 내렸다. 고흐의 자화상에도 째깍거리는 벽시계의 초침 소리도 무채색으로 가라앉고 적막이 깊숙하게 스며들었다. 어둠이 짙어질수록 더 선명하게 다가오는 독거獨居는 두려움이 되었다. 고장 난 센서 등 아래 더해지지 않는 현관 신발이 어쩌다 시선을 붙잡기도 했지만, 밥 끓는 냄새는 즉석밥으로 대체되고 물에 말아 마셔도 자주 목에 걸렸다. 새로 산 돌침대는 따듯해질 줄 모르고 창문을 두드리는 바람 소리는 써늘하기만 하다. 벗어나려고 하면 할수록 눈앞에 살 내음이 얼쩡거렸다.

담배에 다시 불을 붙이고 깊숙하게 빨아 삼켰다. 끈질기게 살아 숨 쉬는 심장을 태우고 태워서 어느 봄날 앵두꽃으로 흐드러져 날릴 수 있다면 봄이 없는 나라에서 꽃 보듯 기다리겠다.

빈집

갈퀴 같은 손으로 풀을 뜯는 날
진종일 밤나무 꽃향기에 몸살을 앓았다

입택入宅이 가까워지고 있었다. 집이라고 불렸을 봉분 두 채 풀숲 사이에서 갑갑하다. 매끈하게 하자는 마음 자주 와서 보자는 생각이 풀이 잘려 나갈 때마다 요동쳤다. 살면서 사랑이라고 부르던 생각이 스러졌다.

머위나물 가죽나물 상에 오르는 저녁 박꽃 같은 웃음 피었다
비바람 막아 주던 미소가 따사로웠다

묵정논 올챙이 엿장수 번성했다. 새벽이슬 털며 물 대던 손 트랙터 소리 요란해도 일어나지 않았다. 손바닥으로 덮을 수 있는 다락논 머위꽃 하얗게 감싸 안았다.

서쪽 하늘 붉게 물들어 바람 수런거렸다
별빛 까무룩 눈 감길 때 비루한 하루 종이꽃으로 피었다

새벽에 걸려 오는 전화를 막을 수만 있다면

밥알 같은 눈이 내리는 저녁
식탁에 촛불이 켜지고 와인 잔을 부딪쳤다
밤은 따끈한 구들방 아랫목처럼 깊어 갔다

초경처럼 느닷없이
떨리는 목소리
그녀가 길을 잃었다

거리는 평온했고 도로에는 먼지처럼 눈이 날렸다
회색 하늘과 하얀 교회 뜰
밝은 빛이 흘렀다
스테인드글라스 색깔만큼 소원이 반짝이는 곳
고개 숙인 나무 위에 하얀 기도 내려놓고

사람들이 들고 날 때마다 딸랑거리는 오래된 병원 현관

미지근하게 식어 가는 구들장처럼 기억이 흐물거렸다
세상 모든 바람을 이해한 가슴처럼
홀로 되어 가는 것
시간이 멈춘 듯
혈육의 체온은 닿지 못했다

나무집

우수가 지나도 여전히 겨울 한가운데 있다. 폭설 예보가 있었지만 늦은 오후까지 하늘이 꾸물거릴 뿐 굴뚝에 연기가 피어오르고 타닥타닥 솔가지 타는 매캐한 냄새가 코를 찌를 것 같은 날씨다. 아궁이 앞에 앉아 부지깽이로 알불을 뒤적거리는 어린 나를 본다.

저녁이 되도록 눈이 그치지 않았다. 앞집 말숙이네 집이 눈 속에 파묻혔다. 철푸덕 지붕에서 눈 떨어지는 소리에 여물을 먹던 소도 귀를 쫑긋 세웠다. 기억 깊숙한 곳에서 길쌈을 하다가 끼니를 챙기는 젊은 엄마가 보인다. 자반고등어 지글지글 익어 가고 무쇠솥 반들반들 부뚜막에 푸스스 눈물 흘린다. 눈이 오는 날에는 반회班會 나갔던 남자도 일찍 돌아왔다. 둥근 밥상에 강냉이밥 고봉으로 올라오고 달큰한 어린 숟가락들 밤새도록 달그락달그락.

거처를 옮긴 후 다시 찾아간 집, 키 작은 소나무 한 그루 서 있다. 새로 생긴 번지에 붉은 흙이 외로움처럼 흩어져 있다. 달그락거리는 미소 대신 적막만이 괴괴하다.

이사 가는 날

거실 가득 쌓인 옷은 비통이었다. 주인을 잃은 물건은 바람과 함께 순장되어야 했다.

"괜찮은 옷 몇 벌 따로 싸." 피붙이가 말했다. "뭐 할 건데?" "한꺼번에 짐을 싸면 무거워서 가지고 다닐 수 없잖아." 남자가 말했다. 훨훨 날아서 가 보고 싶은 곳 가야지라고 했던 여자의 말이 생선 가시처럼 목에 걸렸다.

가려는 그곳은 정말 아픔도 고통도 없는 곳일까. 한복도 한 벌 챙겼다. 곱다. 살면서 한복처럼 곱고 아름다웠던 때가 얼마나 있었을까.

마지막까지 돌아오고 싶었던 이곳을 두고 어떻게……

이불 홑청 하나에 지나간 세월을 싸 놓고 보니 믿을 수 없을 만큼 단출했다. 보퉁이 두 개로 마감되는 일생이 실감 나지 않았다. 삼 일 동안 부재했던 거실에 온기가 올라오고 식구들 먼지가 날리기 시작했다.

일생을 담은 보퉁이를 텃밭에 옮겨 놓고 불을 붙였다. 발걸음 무겁고 무거워. 몇 번의 시도 끝에 라이터 불이 보퉁이에 옮겨붙었다. 검은 연기가 하늘로 올라가고 순식간에 활활 타기 시작했다. 섬유 녹아내리는 불덩이는 눈물로 흐르고.

바람이 불기 시작했다. 검은 연기는 바람기둥을 만들고 춤을 췄다. 삶의 오열보다 더 몰아치는 검은 연기, 이별 의식은 위협적이었고 공포스러웠다.

"잘 가거레이." 남자가 마지막 인사를 하고 있었다.

엄마 생각

이끌려 들어간 오래된 국숫집
얼굴 없는 인사가 양은솥에서 무럭무럭 김으로 오르고
무 배추 다발이 앞치마에 손을 닦으며 반긴다
반죽을 미는 손 쇠락한 대문 같은데
암반 위의 칼춤은 날렵하다

주의 사항
어지간하면 곱빼기는 시키지 말 것

좌식 의자도 없이 촘촘히 쪼그리고 앉아
흔한 멸치 꽁댕이도 보이지 않는
장마철 황토물 같은
후루룩 들이켜는 면발
탱탱하고 쫄깃하다
주인장 배추 겉절이와 깍두기 번갈아 씹으며
먹어도 먹어도 줄지 않는 요술 국수에
이마에 진땀 흐르고
보기 드문 인정 눈물겨워
구겨 앉은 다리 쥐 나는 줄 모르고
마지막 한 방울까지 후루룩

>

한 사발 국수물 당차게 매워
눈두덩이 불콰해지고
나도 몰래 일어서는 그리움
눈물 주렴이 찰랑찰랑

제4부

남겨진 사람들

터널 속 어둠처럼 긴 현실
슬픔은 그날 그대로

어머니는 아들을 잃고
아내는 남편을 잃고
딸은 아버지를 잃고
삶이 무너졌다

아침엔 눈이 또 떠졌다

* TV 다큐 속 인터뷰 내용 차용.

삭제, 사월을 말하다

통곡에 이르지 못한 낯선 말들이 어깨를 감싸 안았다
내장을 도려내는 비명이었다

카자흐스탄의 사월도 꽃이 피었다

바다 건너 배내옷 갈아입고
때맞춰 울리는 알람 소리처럼
직선을 따라 걸었을 뿐
사라진 철근 사이에서 또 다른 위태로운 삶

밤은 길고 두려워
잠든 아이의 평화를 찾아 꿈속을 헤맨다
다녀오라는 배웅도 없이 어서 오라는 마중도 없이
구두가 고단하다
칼끝에 서 있는 하루

생각은 이탈하거나 침묵하고
고개를 숙이고 끝없이 발을 구르는 동안
곧 돌아갈 수 있을 거라는 기대
매캐한 연기 속으로 빠져들었다

>

걷기 시작한 아이는 돌아올 길 생각하지 않고
파란 하늘 빗물 되어도 다시 돌아올 수 없는 길
종일 바람이 불고 비가 내렸다

휘파람 소년

그녀는 날마다 휘파람 소년을 기다렸다

휘파람 소리가 들려오면 네가 오는 거라 생각할게

유채밭 돌담길을 걷는 작은 발자국에는 눈물방울이 달렸다. 노란 나비 어지럽게 허공을 맴돌고 자잘한 햇살이 부서지고 있었다. 사월에 떠나는 휘파람 소리는 가슴 도려내는 슬픔, 여전히 춥고 아팠다.

휘파람이 속삭였다.

영원히 같이 살 수 있어요. 절대로 헤어지지 않아요. 한잠 자고 나면 모두가 꿈이라는 걸 알게 될 거예요. 저기 무지개가 떴어요.

파리한 작은 손 풀꽃을 더듬거렸다. 생각 속에 집을 짓지 못했던 꽃잎 하늘거렸다. 눈 비비고 다시 봐도 사라지지 않는 말갛게 웃는 얼굴.

>

어둠 속에서 막 걸어 나온 또 다른 휘파람 *

* 고홍준(9세) 군은 뇌사 후 7명에게 장기 기증을 했다. 기증한 장기는 심장, 폐, 간, 신장, 각막 등이다.

젊음, 아름다운 부고

성가대 연습이 끝나면 혼자 영화를 보고 술집에 가기도 했다. 시선은 늘 허공을 헤맸다. 그의 젊음은 매력적이었고 불 꺼진 창문은 파랗게 질렸다. 경계의 눈빛으로 바라보는 사람들, 가면을 쓴 고양이가 되거나 맹목의 양 떼를 갈망했다.

억수 같은 비는 줄어들지 않았고 빗물에 반사된 가로등 불빛은 교활했다. 인생은 적극적으로 소비할 것 두려움 없이 살아가며 시작과 끝은 항상 달라서 이유 없이 죄가 될 수 있었다. 축축한 거리를 배회하는 비행卑行들.

잠든 사이 공장 굴뚝에서 쉬지 않고 음모陰謀가 피어났고 굳게 닫힌 아파트의 철문은 스모그 속에서 조금씩 공포로 자랐다. 좌절의 시간은 폐수의 거품처럼 끓어 더 나은 세상의 꿈은 흔적 없이 흩어졌다. 억울함에 공감하는 사람들, 궁핍을 강요하는 진실의 순간이 오면 동요했고 허락받지 않아도 되는 갈망은 아침이 없는 나라에서 태양을 기다리는 일이었다.

그 여자

하얀 식탁에 들국화 한 다발
한 뼘 아니면 조금 더 넓은 창으로 맞이하는 노을
와글와글 웃음소리에 저녁 담는다

꿈 많던 소녀는 어른으로 자라고
화단에 물을 주고
창문을 닦고
잘 정돈된 세간살이로 대변되었다

마루 끝에 서 있는 자귀나무는 어제도 오늘도 그렇게
외로움을 아는 나이가 되었다
엔틱한 소파에서 낮잠을 자고 마른 빵 조각과 수저 한 벌
울리지 않는 휴대폰 알람 소리에 다시 확인하는 전원
그리운 얼굴 바탕 화면에서 웃는다
산 그림자 마을로 들어서고
노을 살며시 배경이 되면 가지 끝에 새 한 마리 푸드득
어둠이 내리고
깊이, 깊이 무너져 내렸다

여자가 죽은 채 발견되었다
몇 주 전 사망한 것이라고

U편한세상

아무도 주목하지 않았다
발을 뻗을 수 없는 불길한 밤은 반복되고
달맞이꽃 애달프게 피어났다
소란이 잠든 곳 홀수의 날들은 지워졌다

골골이 뿌려진 주름의 씨앗은 악착같아도
넘치는 하루
누구의 수고가 더 가볍다 할 것인가

생각 없이 행해지는 모멸들
나쁜 꿈은 현실로 이어지고 두려움으로 바뀌었다

불구의 수화들이여
늙은 가장의 밥벌이는 왜 비루해야 하는가
…… 는 U편한세상
…… 못한 U편한세상

하루를 살아 내도 더 뜨거워지는 불덩이
저물지 못하고 아득히 흔들리는 밤이 있었고
맥없이 쓰러지는 울음 울음들

어린 곡비 애가 타도
모여드는 건 동네 고양이뿐

불구의 땅

두 달 만에 다시 찾은 시골집 담장에는 덩굴장미가 붉게 피고 있었다. 처마 끝에 앉아 눈이 시리도록 파란 하늘을 본다. 흰 구름 유유히 떠 있다. 나는 외지인外地人이었다.

도라지 두 이랑 심고 고구마 세 이랑 심어 돌아가야 할 땅 대문이 떨어져 나가고 세간살이가 마당에 뒹굴고 있다. 평생 박산골*에서 다락논 일구시던 아버님 계셨으면 외지인 푸대접 어찌하셨을까 일 년 내내 해가 들지 않는 곳 녹음이 짙어지는 유월이 오면 더욱 그늘이 짙어지는 곳

견벽청야堅壁淸野, 통비분자
알 수 없는 총구는 밤낮으로 불을 뿜고
살아 있는 나날이 지옥이었던 곳

고사리 같았던 손들은 경계와 불신을 먹으면서 훔치거나 야금야금 빼앗았다. 인사도 없이 담장을 넘었고 인정머리 없기로는 꽃나무에도 마찬가지였다.

숭악한 낫질에 장미 허리가 꺾였다. 꽃을 좋아하시던 어머니 계셨으면 고약한 동네 인심이라 쯧쯧 했을까. 칠십 년이 지나도 녹슬지도 삭아지지도 않는 경계의 빗장

>

돌아온 자손들이 감악산 넘던 군화로 보였을까.

* 박산골: 거창 양민 학살 지역.

쉼표가 필요한 여름

아침까지 계속된 호기심은 오감을 자극했다. 허공을 빗금치듯 내리는 여우비 낡았지만 매력적이었다. 아름답게 이별할 줄 아는 사람 깊고 진실된 외로움에 아팠다. 사랑이 있었을 때는 사는 일이 지평선을 따라 녹음이 있었고 그늘이 되었고 곧 꽃으로 피어날 것 같았다.

거짓말에도 색깔이 있다는 걸
비밀이 드러나면 대가가 따른다는 걸
눈빛으로 가슴으로 활활 타다가 꺼지는
마지막 양심마저 무너져 내리고
잔인하고 노골적이면서 연민도 수치심도 없고
그저 지나치면서 눈인사만 했더라면

비밀이 판돈의 전부였던 아슬아슬한 곡예
도살장처럼 변해 버린 두려움
설명할 수도
이해할 수도
두려울 것 없었던 시간 부정하는 현실

>

다 태우고도 꺼지지 않는 광염

세상은 변하지 않았고 이름도 바뀌지 않았다

갤럭시S8

저녁 식탁에 일상이 차려졌고 거나한 포도주는 발그레한 볼이 되었다. 먼저 맛보는 렌즈는 손바닥에서 세상의 문을 열고 음미할 때마다 공유되었다. 어중간한 가식이 맞장구를 쳤고 차곡차곡 쌓이는 말들이 위안이 되기도 했다.

아홉 시 뉴스 오프닝은 늘 경직되었고 위험한 스캔들이 지루한 장마처럼 축축한 거리에서 흐물거리다 다시 살아났다. 한 뼘도 안 되는 손안에서 두려움과 유혹이 오고 갔다. 내일 날씨를 알아보거나 하릴없이 톡톡톡을 보내다가 찐찐찐 진짜보다 더 진짜 같은 성인 가요를 웃자란 아이 목소리로 들었다.

가슴속에서, 주머니에서
손끝에서 어루만지는
벗어나려고 하면 더 내밀한 곳까지
더 깊이 하루를 매몰하는 킬링 타임

저녁에 마셨던 포도주가 싸구려라는 걸, 촛불 아래 발그레한 웃음도 정작 진짜가 아니라는 걸, 숨소리와 터치로 읽었

다. 여자의 비밀 같은 향기는 가려진 커튼 밖에서 더 선명했
다. 가볍고 참을 수 없는 터치.

촌극

세상에 많은 것
지나친 아이러니와 미련한 몽상가

미안함도 죄책감도 없는
하루 종일 일해도 어림없는
선량한 거리의 사람들 더 나은 세상을 꿈꾸며
고대 유물 같은 가족사진을 가슴에 품는다

공중에서 버둥거리는 웃음소리
죄와 고통이 사라졌다고 상상하는
스스로 죄가 없다고 생각한 것이 죄
헛꿈 꾸며
경배하는 악마의 술잔

꿈이 너무 선명해서 정신을 잃기도 한다 탐욕은 정원석 뒤에 몸을 숨기고 불신 기만 미움 그중에 사랑이 제일이라 고전적인 속임수는 계속되었다

십자가를 부정하고 죽음을 택한 여자
이기려는 자와 지지 않으려는 모순의 동요
살인자의 눈에서 너무 많은 종교를 봤다

매교역 8번 출구

축축한 인도에 종이 상자를 깔고 앉은 초점 없는 눈동자
흔들리는 허공
구멍 난 양말 밖으로 삐져나온 발가락이 누추하다
털이 더러운 개 한 마리 허술한 몸 옆에서 혓바닥을 내밀고
시선을 끌지 못하는 팻말

나도 노력했어요

새벽잠을 이고 질주하는 군상들
기도하던 뜨거운 눈물은 파랗게 숨 쉬고 있을 뿐
밀물과 썰물을 분간할 수 없는 거짓말 같은 바다
안개 자욱한 날 홀로 이탈한 노숙의 밤
근원이 뽑혀 나간 뿌리처럼
견디는 일밖에 아무것도 할 수 없는
누추가 익숙해질수록 선명해지는 바람 소리

시멘트 틈의 민들레 노란 웃음이 축축하다

피아니스트

수원역 4번 출입구 경계가 모호한 사람
거대한 활자들이 활개 치는 혹은 갈 길을 잃는 걸음들
난간에 선 위태로운 삶이여

계단에 엎드린 긴 손가락 사이로 비굴과 두려움이
방황했다 일어설 수 없는
네온사인은 밀물처럼 왔다가 더 차가운 어둠이 되어 침묵했다
처음 보이는 것은 그들의 구두
바지 자락 이상 올라갈 수 없는 현실의 경계
감각이 마비되고
찰나의 벽은 오래된 계층을 만들고 금방 망각되었다

오가는 사람 발밑에서 존재하는 세상
냄새 맡고 보고 들었다
경계 이전의 삶은 아득했고
돌아갈 수 없는 익숙한 냄새들
아름다운 기적은 꿈속에서 꿈틀거렸다

헷갈리는 세상 냄새나는 천국

하루하루를 산 대가를 요구당하는 사람
밤이면 더욱 몸서리쳐지는 흔적들

혼돈

가끔 비밀이 필요했다. 금요일 밤의 죄를 씻기 위하여 주일 아침을 맞이하는 사람들 교회에 나가기도 했다. 순수의 시간으로 돌아갈 수 없는 사람들 모호해지는 책임의 경계.

남자는 하룻밤에 인생을 걸기도 하고 여자는 절망이 되기도 한다. 되돌릴 수 없는 후회는 흔했고 선택의 무게는 가혹했다. 한참 동안 돌보지 못한 아이 지우지 못한 사랑의 흔적을 더듬거리는 밤, 공원에 버려진 쓰레기처럼 비를 몰고 오는 바람이 부는 대로 뒹굴었다.

지나온 길을 돌아보면 아득하고 서러울 뿐 이해 못 하는 것은 허구일 뿐이라고 실수로 소중한 것을 잃기도 했다. 마음에 걸칠 것이 없어서 상처 나기도 하고 값싼 연민을 받아도 오늘 밤은 길었으면.

어떤 장소나 사람은 감당할 수 없는 대가로 남을 때가 있다. 가슴 깊게 박혀 그리움으로 가득 차거나 혹독한 인내를 요구하기도 한다. 빗속의 어둠은 강렬했고 긴 호흡은 지워지지 않는 비명悲鳴으로 남았다.

라벤더 향기 짙어지면

토요일엔 무도회가 열렸다. 음악에 몸을 맡기고 흔들거리거나 비밀 장소 몇 군데에서 뜨거운 입김을 나눴다. 그녀의 포옹으로 기억될.

현기증 나는 시간의 흐름이 지나고 세상의 모든 젊음은 똑같은 이름표를 달았다. 수많은 맹세가 손바닥 뒤집듯 깨지고 가슴에 새기라는 말 하프의 현처럼 떨렸다.

다시 찾은 유월의 오십천은 은어의 은빛 비늘로 반짝였다. 한 발 다가오면 가슴 뜨겁게 출렁거렸고 멈추면 지금 막 피어난 꽃송이 같았다. 밀밭에서 불어오는 바람은 긴 머릿결로 나부꼈다.

한때 나의 세상 모두였던, 마음속의 거울이 산산조각이 나 날카로운 조각으로 찔렀다. 푸르스름하게 새벽이 밝아 올 때마다 그리움으로 피었다가 이슬로 사그라들었다.

인계동

광장에는 매일 밤
달콤하거나 설익은 사랑이 춤추고 노래했다
무수한 별이 총총하고
사랑하는 순간 더욱 빛이 났다
절정이기도 몰락이기도 했다

반조리 식품처럼 쉽고 가벼운 욕망
겁 없는 눈빛이 어둠을 헤아리고
내일이 없는 것처럼
예비된 배설들이 거리에서 배회했다

안개 자욱한 미래가 가까울수록
멋대로 자만하고 만족하며
반복되는 폭력과 애증
암묵적 동조가 전해지고 내려왔다

가로등은 말이 없었다

닥치고 시작

끝이 보이지 않는 터널에 서 있다

허공을 떠도는 파자破字들이 우주를 만들고
달을 채우지 못하고 사라지는 미명의 문장들
순수의 날까지 영원히 끝나지 않을 갈망
손끝의 한계는 수많은 밤의 뼈로 굳어 가고
모든 고난에는 선택의 기회가 주어질 것

달콤한 은유를 맛보는 순간 벗어날 수 없는 고뇌
날마다 위로의 말 잉태를 꿈꾸며
앞서간 발자국에 입을 맞춘다
바람 한 자락에 날아갈 흔들림
단풍 들 시간도 없이 말라 버린 잎새처럼 부서질 것 같다

순수에 닿는 유일의 길 숨을 멈춰 보는 것

허세를 빼면 아무것도 아닌
속과 겉이 다른 이미지가 될까 봐
늦은 때란 없다고, 세상이 뭐든 가능하다면
아무 말 하지 말고

19호실로 가다*

나에게 방을 주세요 아무도 들지 않는

하루는 시위에서 벗어난 화살촉처럼 흘러요
아무도 찾을 수 없는 곳으로 숨고 싶어요

하루에 백만 번쯤 부르는 소리를 들었다고 가정해요
숨이 막힐 것 같아요
당신이라면 참을 수도 있겠네요

방이 많은 저택이라면 햇살도 찾지 못하는 제일 구석지고 나뭇잎에 가려지는 방을 택하겠어요. 바람 한 줄기 들어오는 구멍 하나쯤 있어도 좋겠어요. 시詩가 오지 않는 얼마간의 시간은 감내할 수 있어야 하니까요.

나에게 방을 주세요 침묵의 방을

어둠 깊숙한 동굴이라고 해도 흔들리고 싶지 않아요
캄캄할수록 울림은 선명해질 테니까요
처음 생겨난 모습일 테니까요

>

나에게 방을 주세요 영원의 방을

소나무 숲에서 부는 바람은 향기로워요. 계절이 지나면 나뭇잎 색깔은 사라지고 잊히고 잠들 수 있어요. 함께 있는 순간의 빛이 영원이라고 말하지 말아요. 울창한 나무들 너머의 보이지 않는 하늘은 그냥 꿈이니까요.

* 도리스 레싱 단편선 「19호실로 가다」에서 차용.

해 설

생의 슬픔이 고이는 곳

차성환(시인, 한양대 겸임교수)

심춘자 시인은 생生의 근원으로서의 장소를 바라보는 자이다. 지금은 이곳에 없는, 지난 시절 사람들이 모여 웃음과 울음을 나누고 서로의 품에 기대었던 시간들을 그리워한다. 그는 옛사람들과 함께 소박한 밥상에 둘러앉은 고향 집의 정겨운 풍경을 떠올린다. 태어나고 자란 곳은 '나'의 근원이자 모태母胎가 된다. 우리의 삶이 자리를 잡고 살아온 모든 장소에는 사랑이 깃들어 있다. 가난과 고통의 기억도 있지만 서로의 상처를 보듬으면서 살아온 시절의 기억이 지금의 '나'를 만든 것이다. 그렇기에 우리의 삶은 끊임없이 고향을 그리워하는 일로 채워져 있다.

우수가 지나도 여전히 겨울 한가운데 있다. 폭설 예보가 있었지만 늦은 오후까지 하늘이 꾸물거릴 뿐 굴뚝에 연기가 피어오르고 타닥타닥 솔가지 타는 매캐한 냄새가 코를 찌를 것 같은 날씨다. 아궁이 앞에 앉아 부지깽이로 알불을 뒤적거리는 어린 나를 본다.

저녁이 되도록 눈이 그치지 않았다. 앞집 말숙이네 집이 눈 속에 파묻혔다. 철푸덕 지붕에서 눈 떨어지는 소리에 여물을 먹던 소도 귀를 쫑긋 세웠다. 기억 깊숙한 곳에서 길쌈을 하다가 끼니를 챙기는 젊은 엄마가 보인다. 자반고등어 지글지글 익어 가고 무쇠솥 반들반들 부뚜막에 푸스스 눈물 흘린다. 눈이 오는 날에는 반회班會 나갔던 남자도 일찍 돌아왔다. 둥근 밥상에 강냉이밥 고봉으로 올라오고 달큰한 어린 숟가락들 밤새도록 달그락달그락.

거처를 옮긴 후 다시 찾아간 집, 키 작은 소나무 한 그루 서 있다. 새로 생긴 번지에 붉은 흙이 외로움처럼 흩어져 있다. 달그락거리는 미소 대신 적막만이 괴괴하다.

—「나무집」 전문

'나'는 이사를 간 후에 다시 고향 집을 방문한 모양이다. "우수가 지나" 절기節氣상 봄기운이 돌아야 할 날씨지만 고향은 아직까지 추운 "겨울" 속에 있다. 그리고 환영처럼 "아궁이 앞에 앉아 부지깽이로 알불을 뒤적거리는 어린 나"를 발견한다. "알불"을 찾는 "어린 나"의 행위는 마치 옛 고향 집에서 어린 시절 따듯했던 기억을 찾아보려는 현실의 '나'와 닮아 있다. 그곳에는 "길쌈을 하다가 끼니를 챙기는 젊은 엄마"가 있고 "엄마"가 차린 "둥근 밥상"에 모여 앉아 식사를 하는 가족들이 있다. 하지만 선명하게 떠오르는 그네들의 모습은 잠깐 동안 눈에 맺혀 있다가 사라진다. 현실의 "집"은 이전과는 다르게 "새로 생긴 번지"를 달고 있고 "외로움"과 "적막"이 무겁게 내려앉아 있다. 아마도 사람이 살고 있지 않는 폐가廢家가 되었는지 쓸쓸하고 고요한 느낌이 을씨년스럽기까지 하다. 가족들이 모두 떠난 텅 빈 "집"은 슬픔의 정서를 자아낸다. 아궁이 불에 올린 "무쇠솥"의 뜨거운 기운으로 생긴 물방울은 "부뚜막"에 떨어지는"눈물"이 된다. 이 "눈물"은 과거 "젊은 엄마"의 슬픔을 표현할 것일까. 돌아갈 수 없는 고향의 '나무집'에 대한 '나'의 슬픔을 드러낸 것일 수도 있겠다. 가족들과의 기억이 서려 있는 고향 집은 "기억 깊숙한 곳"을 뒤져야지만 떠올릴 수 있는 풍경이 된 것이다. 다시 찾은 '나무집'의 현실은 슬프기만 하다. 이제는 더 이상 "둥근 밥상"에 모여 앉은 가족들의 "달그락거리는 미소"를 볼 수 없다. 인간은 시간적 존재이고 유년의 고향은 다시는 되돌아갈 수 없는 시공간에 위치해 있기 때문이다.

> 천변川邊에 모여 있는 마을은 표주박을 엎어 놓은 것처럼 옹색했다. 당산나무 아래 정자가 있었고 발치에는 채송화 과꽃 피었다. 키 작은 사철나무나 대나무 장대를 가로질러 친 울타리, 얼기설기 엮은 대문은 이름으로 서 있을 뿐 싸리꽃이 한창이다.

손바닥 같은 텃밭에는 절정이 지난 푸성귀가 누렇게 말라 가고 있다. 처마 끝에 망초 대 우후죽순으로 자라고 참견 없는 마당에는 바람만 분다. 발자국도 녹슬어 소리를 내고 어느 날 문패도 떨어졌다.

주인 없는 뜰에서 늦은 오후까지 들고양이들은 햇살을 희롱했다. 느티나무 그림자 길게 드리우면 지아비 기다리다 망부석이 되었다는 할미바위, 할미바위부터 그늘이 졌다.

집으로 돌아가는 농기구 소리 밥 끓는 냄새
익숙한 것들이 그리움으로 사무치고 돌아갈 수 없는 시간이 무덤만큼 어두워졌다.

—「시간의 폭력」 전문

위의 시도 고향의 풍경을 묘사한 것으로 보인다. 모두들 도시로 떠나고 빈집이 늘어나는, 지금의 농촌 현실을 그대로 반영하고 있는 모습은 쓸쓸하기 그지없다. 따 갈 사람이 없어 "푸성귀가 누렇게 말라 가고" "문패"가 떨어져 나간 집에는 아무런 인기척이 없다. 사람들이 찾지 않는 "주인 없는 뜰"에 "발자국도 녹슬어" 버린 것이다. 이 집은 "지아비 기다리다 망부석이 되었다는 할미바위"처럼 사람의 손길이 그리워 그대로 화석으로 굳어 버린 듯하다. 어디선가 어린 시절 "집으로 돌아가는 농기구 소리"가 들리고 "밥 끓는 냄새"가 나는 것 같지만 이는 환상에 지나지 않는다. 유년 시절의 "익숙한 것들"은 이제 다시 볼 수 없다. 고향의 집은 "돌아갈 수 없는 시간"에 속해 있고 곧 "무덤"에 다름 아니다. '시간'은 모든 것을 무화시키고 한없이 그리운 장소인 고향 또한 우리가 다가갈 수 없도록 영원히 유폐시키는 것이다.

입춘이 지나도 소생의 기별은 막막하고

자잘한 생활이 널려 있는 빨래 건조대 밑으로 어스름이 내렸다. 고흐의 자화상에도 째깍거리는 벽시계의 초침 소리도 무채색으로 가라앉고 적막이 깊숙하게 스며들었다. 어둠이 짙어질수록 더 선명하게 다가오는 독거獨居는 두려움이 되었다. 고장 난 센서 등 아래 더해지지 않는 현관 신발이 어쩌다 시선을 붙잡기도 했지만, 밥 끓는 냄새는 즉석밥으로 대체되고 물에 말아 마셔도 자주 목에 걸렸다. 새로 산 돌침대는 따듯해질 줄 모르고 창문을 두드리는 바람 소리는 써늘하기만 하다. 벗어나려고 하면 할수록 눈앞에 살 내음이 얼쩡거렸다.

담배에 다시 불을 붙이고 깊숙하게 빨아 삼켰다. 끈질기게 살아 숨 쉬는 심장을 태우고 태워서 어느 봄날 앵두꽃으로 흐드러져 날릴 수 있다면 봄이 없는 나라에서 꽃 보듯 기다리겠다.

—「기다림」 전문

고향을 떠난 자는 객지에서 어떻게 살아갈까. 그 친근하고 그리운 고향의 "밥 끓는 냄새는 즉석밥으로 대체되고"

"독거獨居"의 삶을 살아가는 현실은 막막하기만 하다. 살뜰했던 가족들이 뿔뿔이 흩어지고 혼자서 "자잘한 생활"을 영위하면서 살아가는 삶은 외로움으로 가득하다. 그 생활은 "한 사람이 떠난 둥지에 혼자 남았다는 고통"(「치매」)에 가깝다. 그러나 그가 "끈질기게 살아 숨 쉬는 심장을 태우"며 자포자기의 생을 간신히 유지하게 하는 것은 "어느 봄날 앵두꽃으로 흐드러"지는 날을 보기 위함이다. 지금은 어떤 희망도 없는, "봄이 없는 나라"에서 살아가지만 그는 "꽃"과 같은 새 생명이 태어나는 아름다운 "봄날"을 기다리고 있는 것이다. 이 "봄날"은 고향에 대한 안온하고 따듯한 기억에 속해 있다. 그는 가족들이 모인 고향의 집에서 진동하는 푸근한 "살 내음"을 그리워하는 것이다.

심춘자 시인의 시집『낭희라는 말 속에 푸른 슬픔이 들어있다』에는 고향과 가족, 사랑하는 사람에 대한 그리움의 정서가 짙게 깔려 있다. 다시는 돌아갈 수 없는 고향과 만날 수 없는 가족에 대한 그리움이 절절하다. 우리 주변에는 가족을 잃은 상처로 괴로움에 시달리는, '남겨진 사람들'이 있다. "터널 속 어둠처럼 긴 현실/ 슬픔은 그날 그대로// 어머니는 아들을 잃고/ 아내는 남편을 잃고/ 딸은 아버지를 잃고/ 삶이 무너졌다// 아침엔 눈이 또 떠졌다"(「남겨진 사람들」). 가족을 잃고 삶이 무너진 채 죽지 못해 사는 사람들. 심춘자 시인은 자신의 뿌리이자 근원인 가족을 잃어버린 사람들의 아픔에 공명共鳴한다. 그들 또한 고향을 잃은 자들이다. "태동을 잃어버린 어미”(「누름돌」)가 있다. “병실에 누워 있는 아내”를 두고 “어둠의 강 너머에 먼저 도착한 사내”(「자귀나무」)가 있고 “혼인식”도 치르지 못하고 “불을 끄다 영영 화염 속으로 들어간 사람”을 “무너지는 호곡 소리”(「혼인 전」)로 슬퍼하는 여자가 있다. 또한 시인은 6 · 25 전쟁 당시 양민 학살이 자행되어 “알 수 없는 총구는 밤낮으로 불을 뿜고/ 살아 있는 나날이 지옥이었던 곳”, 거창 “박산골”(「불구의 땅」)에 서려 있는 끔찍한 역사적 기억을 떠올리면서 현재까지 지속되는 이 땅의 고통과 슬픔의 흔적을 아파한다. 이들은 모두 “갈 길을 잃는 걸음들/ 난간에 선 위태로운 삶”(「피아니스트」)을 살아온 자들이다. 이제 더 이상 “순수의 시간으로 돌아갈 수 없는 사람들”(「혼돈」)이다. “근원이 뽑혀 나간 뿌리처럼/ 견디는 일밖에 아무것도 할 수 없는”(「매교역 8번 출구」) 사람들이다. 근원으로서의 고향은 곧 가족이 함께한 장소로 드러난다. 유년의 고향은 되돌아갈 수 없는 과거에 속해 있고 고향을 떠난 자는 그곳을 끊임없이 그리워한다. 그는 “순수의 시간”(「혼돈」)을 회복하기 위해 고통의 시간을 거슬러 올라가 기억 속에 묻혀 있던 사랑의 흔적을 끊임없이 되새김질하는 것이다.

이끌려 들어간 오래된 국숫집
얼굴 없는 인사가 양은솥에서 무럭무럭 김으로 오르고
무 배추 다발이 앞치마에 손을 닦으며 반긴다
반죽을 미는 손 쇠락한 대문 같은데
암반 위의 칼춤은 날렵하다

주의 사항

어지간하면 곱빼기는 시키지 말 것

좌식 의자도 없이 촘촘히 쪼그리고 앉아

흔한 멸치 꽁댕이도 보이지 않는

장마철 황토물 같은

후루룩 들이켜는 면발

탱탱하고 쫄깃하다

주인장 배추 겉절이와 깍두기 번갈아 씹으며

먹어도 먹어도 줄지 않는 요술 국수에

이마에 진땀 흐르고

보기 드문 인정 눈물겨워

구겨 앉은 다리 쥐 나는 줄 모르고

마지막 한 방울까지 후루룩

한 사발 국수물 당차게 매워

눈두덩이 불콰해지고

나도 몰래 일어서는 그리움

눈물 주렴이 찰랑찰랑

—「엄마 생각」 전문

누군가의 손에 "이끌려 들어간 오래된 국숫집"에서 '나'는 사람 냄새 나는 푸근한 인상을 받는다. 허름한 가게에 "흔한 멸치 꽁댕이도 보이지 않는/ 장마철 황토물 같은" 소박한

"국수"이지만 "탱탱하고 쫄깃"한 맛 하나는 일품이다. 그리고 무엇보다도 "어지간하면 곱빼기는 시키지 말 것"이란 "주의 사항"이 있을 정도로, 푸짐한 "국수" 한 그릇에는 "보기 드문 인정"이 가득 담겨 있다. 눈물겨울 정도로 정겹고 따듯한 "국숫집"의 묘미는 "먹어도 먹어도 줄지 않는 요술 국수"인 것이다. 이 "국수" 한 그릇은 나도 모르게 어떤 "그리움"을 불러일으킨다. 자식들을 위해 정성스럽게 "국수"를 끓여 주던 '엄마'의 손맛이 떠올랐을까. 가난한 시절, 가족들의 주린 배를 채우려고 자주 밥상에 올라왔던 엄마표 "국수"의, "눈두덩이 불콰해지"는 그 칼칼한 맛이 그리웠던 것이리라. "한 사발 국수물 당차게 매"웠다고 하지만 "국수" 한 그릇이 불러온 '엄마 생각'에 "눈물"을 흠뻑 쏟았던 것이다. "국수"는 곧 '엄마'의 사랑이고 헌신이다. 자식을 배불리기 위해 영원히 마르지 않는, "먹어도 먹어도 줄지 않는", '엄마'가 만든 사랑의 "요술 국수"인 것이다. 우연한 "국수" 한 그릇은 다시금 가족이 함께했던 따듯한 고향의 장소를 응시하게 만든다.

> 서둘러 도착한 겨울 양식糧食 보퉁이가 작아졌다
> 해가 갈수록 작아지는
> 올해가 마지막일지 가슴 가운데 바람길이 생겼다
>
> 콩 볶는 냄새
> 타닥타닥 무쇠솥 아궁이에서 장작 타는 소리
> 검불 골라내다 꾸벅이는 겨울밤

보퉁이 안에서 싸락눈이 보글보글 내렸다

달그락 숟가락 부딪히는 소리, 두부 넣고 끓이면 심심한 국이 되고 양 볼에 살이 올랐다. 양미리 몇 마리 둥둥 띄워 김장김치 쫑쫑 끓이면 간간한 찌개가 되고 고단을 녹이는 안주가 된다. 손끝에서 만들어지는 아득한 구수함

설해목 쓰러지고
눈밭을 뛰는 노루 발자국 마을로 내려오면
그리움처럼 달려드는 입 안의 감칠맛

항아리 바닥 긁는 소리 고드름 녹아 흐르고
달래 냉이 한 줌 넣어 뽈뽈뽈 끓으면
향긋한 봄보다 먼저 오는 서러움

—「듬북장」 전문

시인은 오래전 어느 고향의 시골집 풍경을 떠올리는 듯하다. 가난했던 그 시절에 "겨울"은 늘 예상보다 빨리 "도착"하고, 비축해 둔 "양식糧食"이 떨어지는 것을 눈으로 볼 때면 "가슴 가운데 바람길이 생"긴 것처럼 추위가 느껴졌을 것이다. 긴 겨울을 나는 동안 어떻게 끼니를 해결해야 할까. 그리고 그럴 때마다 허기진 배를 달래면서 "콩"을 정성스럽게 볶아 '듬북장'을 만들어 한겨울을 거뜬히 이겨 낼 힘을 얻었을 것이다. "콩"을 볶기 위해 밤새 "무쇠솥 아궁이" 가에서 졸음

을 이겨 내며 불을 지키는 모습이 아련하다. 가족들에게 먹일 음식을 준비하는 마음은 언제나 숭고하다. 식사 시간이 되면 가족들이 모두 한방에 모여 '듬북장'으로 만든 "국"과 "찌개"에 머리를 맞대고 먹는 밥은 얼마나 맛있을까. 한순간도 질릴 틈이 없다. "두부 넣고 끓이면 심심한 국이 되고" "양미리 몇 마리 둥둥 띄워 김장 김치 쫑쫑 끓이면 간간한 찌개가 되"는 '듬북장'. 술에 곁들이는 "안주" 역할도 톡톡히 했을 것이다. 겨울이 지나가고 "봄"이 오면 "달래 냉이 한 줌 넣어 뽈뽈뽈" 끓여 "향긋한 봄" 기운이 서린 달래된장국이 밥상에 올라왔을 것이다.

'듬북장'으로 "달그락 숟가락 부딪히는 소리"는 우리가 한 식구라는 것을 일깨워 주는 정겨운 소리이다. 말 그대로 '식구食口'는 같은 집에 살면서 끼니를 함께하는 사람이다. 그러나 가난한 시절, 끼니를 함께한다는 것은 단순히 입으로 들어가는 밥을 함께한다는 의미를 넘어 이처럼 추운 겨울을 나면서 함께 허기를 견디고 같이 체온을 나눈다는 것을 의미한다. 가난한 살림살이에 부족함이 없도록 채워 주던 '듬북장'. '듬북장'에는 끈끈한 가족의 정情이 '듬뿍' 넉넉히 차고 넘치게 담겨 있다. 그 시절, 우리의 허기를 달래 주고 식구들을 끈끈하게 결속시켜 주는 힘이었던 것이다. 배 속의 허기만을 달래 주는 것이 아니라 우리에게 안식과 평화를 가져다주는 진정한 영혼의 양식, 소울 푸드Soul Food인 것이다.

'듬북장'은 우리에게 "사랑이 있었을 때"(『쉼표가 필요한 여름』) 즐겨 먹었던 음식이다. 성인이 되어서 '듬북장'의 맛을 본다면, 어린 시절 고향의 기억이 순식간에 불려 나올 것이다. 모든 것이 되살아난 듯 금방이라도 "콩 볶는 냄새"가 코끝에 맡아지고 그 시절의 "아득한 구수함"이 온몸에 전해져 오리라. 그러나 이는 어디까지나 감각적으로 환기된 기억과 상상의 영역에 있다. 우리는 이 "설해목 쓰러지고/ 눈밭을 뛰는 노루 발자국"이 있는 "마을"에 다시 돌아갈 수 없다. 그렇기에 '듬북장'의 맛은 그 시절로 다시 되돌아갈 수 없는 고향과 가족에 대한 회한悔恨의 맛이기도 하다. 이 시는 "그리움처럼 달려드는 입 안의 감칠맛"과 "향긋한 봄보다 먼저 오는 서러움"은 '듬북장'을 둘러싼, 이러한 복잡다단한 마음의 상태를 여실히 잘 보여 준다. "그리움"과 "서러움"의 감정을 불러일으키는 '듬북장'은 시인의 기억 속에 영원한 가족의 기원起源이자 원형으로 자리매김되어 있을 것이다. 「듬북장」은 이 시집에서 꼭 기억해야 할 따듯하고 아름다운 작품이다.

심춘자 시인은 근원으로서의 장소를 다시금 떠올리고 기억하는 일이 얼마나 소중하고 슬프며 아름다운 것인지를 증거 하고 있다. 그 장소는 생의 슬픔이 고이는 곳이다. 고향 집이며 가족이고 엄마고 내가 사랑하는 사람이다. 시인은 그 슬픔의 내력을 곡진하게 써 내려간다. "어떤 장소나 사람은 감당할 수 없는 대가로 남을 때가 있다. 가슴 깊게 박혀 그리움으로 가득 차거나 혹독한 인내를 요구하기도 한다"(「혼돈」). 이 시구에는 시인이 품은 그리움의 결기가 담겨 있다. 심춘자의 시詩는 온 힘을 다해 부르는 그리움의 노래이다. "그리움으로 피었다가 이슬로 사그라"(「라벤더 향기 짙어지면」)드는 생生일지라도 시인은 "더 나은 세상의 꿈"(「젊음, 아름다운 부고」)을 잃지 않는다. 그 "돌아갈 수 없는 합일의 순간"(「그해 여름」)에 가닿기 위한 유일한 힘이 바로 그리움이기 때문이다. 그것이 "잃어버린 사랑 다시 찾을 수 있"(「권중로 136」)는, "순수에 닿는 유일의 길"(「닥치고 시작」)이다. "끈질기게 살아 숨 쉬는 심장을 태우고 태워서 어느 봄날 앵두꽃으로 흐드러져 날릴 수 있다면 봄이 없는 나라에서 꽃 보듯 기다리겠다"(「기다림」). 우리는 곧 그리움의 꽃을 보게 될 것이다.

천년의시인선

0001 **이재무** 섣달 그믐
0002 **김영현** 겨울 바다
0003 **배한봉** 黑鳥
0004 **김완하** 길은 마을에 닿는다
0005 **이재무** 벌초
0006 **노창선** 섬
0007 **박주택** 꿈의 이동 건축
0008 **문인수** 홰치는 산
0009 **김완하** 어둠만이 빛을 지킨다
0010 **상희구** 숟가락
0011 **최승헌** 이 거리는 자주 정전이 된다
0012 **김영산** 冬至
0013 **이우걸** 나를 운반해온 시간의 발자국이여
0014 **임성한** 점 하나
0015 **박재연** 쾌락의 뒷면
0016 **김옥진** 무덤새
0017 **김신용** 부빈다는 것
0018 **최장락** 와이키키 브라더스
0019 **허의행** 0그램의 시
0020 **정수자** 허공 우물
0021 **김남호** 링 위의 돼지
0022 **이해웅** 반성 없는 시
0023 **윤정구** 쥐똥나무가 좋아졌다
0024 **고 철** 고의적 구경
0025 **장시우** 섬강에서
0026 **윤장규** 언덕
0027 **설태수** 소리의 탑
0028 **이시하** 나쁜 시집
0029 **이상복** 허무의 집
0030 **김민휴** 구리종이 있는 학교
0031 **최재영** 루파나레라
0032 **이종문** 정말 꿈틀, 하지 뭐니
0033 **구희문** 얼굴
0034 **박노정** 눈물 공양
0035 **서상만** 그림자를 태우다
0036 **이석구** 커다란 잎
0037 **목영해** 작고 하찮은 것에 대하여
0038 **한길수** 붉은 흉터가 있던 낙타의 생애처럼
0039 **강현덕** 안개는 그 상점 안에서 흘러나왔다
0040 **손한옥** 직설적, 아주 직설적인
0041 **박소영** 나날의 그물을 꿰매다
0042 **차수경** 물의 뿌리
0043 **정국희** 신발 뒷굽을 자르다
0044 **임성한** 이슬방울 사랑
0045 **하명환** 신新 브레인스토밍
0046 **정태일** 딴뭇
0047 **강현국** 달은 새벽 두 시의 감나무를 데리고
0048 **석벽송** 발원
0049 **김환식** 천년의 감옥
0050 **김미옥** 북쪽 강에서의 이별
0051 **박상돈** 꼴찌가 되자
0052 **김미희** 눈물을 수선하다
0053 **석연경** 독수리의 날들
0054 **윤순영** 겨울 낮잠
0055 **박천순** 달의 해변을 펼치다
0056 **배수룡** 새벽길 따라
0057 **박애경** 다시 곁에서
0058 **김점복** 걱정의 배후
0059 **김란희** 아름다운 명화
0060 **백혜옥** 노을의 시간
0061 **강현주** 붉은 아가미
0062 **김수목** 슬픔계량사전
0063 **이돈배** 카오스의 나침반
0064 **송태한** 퍼즐 맞추기
0065 **김현주** 저녁쌀 씻어 안칠 때
0066 **금별뫼** 바람의 자물쇠
0067 **한명희** 마른나무는 저기압에가깝다
0068 **정관웅** 바다색이 넘실거리는 길을 따라가면
0069 **황선미** 사람에게 배우다
0070 **서성림** 노을빛이 물든 강물
0071 **유문식** 쓸쓸한 설렘
0072 **오광석** 이계견문록
0073 **김용권** 무척
0074 **구회남** 네바강의 노래

0075 **박이현** 비밀 하나가 생겨났는데
0076 **서수자** 아주 낮은 소리
0077 **이영선** 도시의 풍로초
0078 **송달호** 기도하듯 속삭이듯
0079 **남정화** 미안하다, 마음아
0080 **김젬마** 길섶에 잠들고 싶다
0081 **정와연** 네팔상회
0082 **김서희** 뜬금없이
0083 **장병천** 불빛을 쏘다
0084 **강애나** 밤 별 마중
0085 **김시림** 물갈퀴가 돋아난
0086 **정찬교** 과달키비르강江 강물처럼
0087 **안성길** 민달팽이의 노래
0088 **김숲** 간이 웃는다
0089 **최동희** 풀밭의 철학
0090 **서미숙** 적도의 노래
0091 **김진엽** 꽃보다 먼저 꽃 속에
0092 **김정경** 골목의 날씨
0093 **김연화** 초록 나비
0094 **이정임** 섬광으로 지은 집
0095 **김혜련** 그때의 시간이 지금도 흘러간다
0096 **서연우** 빗소리가 길고양이처럼 지나간다
0097 **정태춘** 노독일처
0098 **박순례** 침묵이 풍경이 되는 시간
0099 **김인석** 피멍이 자수정 되어 새끼 몇을 품고 있다
0100 **박산하** 아무것도 묻지 않았다
0101 **서성환** 떠나고 사라져도
0102 **김현조** 당나귀를 만난 목화밭
0103 **이돈권** 희망을 사다
0104 **천영애** 무간을 건너다
0105 **김충경** 타임캡슐
0106 **이정범** 슬픔의 뿌리, 기쁨의 날개
0107 **김익진** 사람의 만남으로 하늘엔 구멍이 나고
0108 **이선외** 우리가 뿔을 가졌을 때
0109 **서현진** 작은 새를 위하여
0110 **박인숙** 침엽의 생존 방식
0111 **전해윤** 염치, 없다
0112 **김정석** 내가 나를 노려보는 동안
0113 **김순애** 발자국은 춥다
0114 **유상열** 그대가 문을 닫는 것이다
0115 **박도열** 가을이면 실종되고 싶다
0116 **이광호** 비 오는 날의 채점
0117 **박애라** 우월한 유전자
0118 **오충** 물에서 건진 태양
0119 **임두고** 그대에게 넝쿨지다
0120 **황선미** 길의 끝은 또 길이다
0121 **박인정** 입술에 피운 백일홍
0122 **윤혜숙** 손끝 체온이 그리운 날
0123 **안창섭** 내일처럼 비가 내리면
0124 **김성렬** 자화상
0125 **서미숙** 자카르타에게
0126 **최을순** 생각의 잔고를 쓰다
0127 **김젬마** 와랑와랑
0128 **최혜영** 그 푸른빛 안에 오래 머무르련다
0129 **진영심** 생각하는 구름으로 떠오르는 일
0130 **김선희** 감 등을 켜다
0131 **김영관** 나의 문턱을 넘다
0132 **김유진** 다음 페이지에
0133 **김효숙** 나의 델포이
0134 **오영자** 꽃들은 바람에 무게를 두지 않는다
0135 **이효정** 말로는 그랬으면서
0136 **강명수** 법성포 블루스
0137 **박순례** 고양이 소굴
0138 **심춘자** 낭희라는 말 속에 푸른 슬픔이 들어 있다